經典 o
少年遊

019

老殘遊記

帝國的最後一瞥

The Travels of Lao Can
The Panorama of the Fading Empire

繪本

故事◎夏婉雲

繪圖◎蘇奔

山東登州有一座大山，山上有個蓬萊閣，造得非常精緻壯麗。有些人會帶著酒在閣中住宿，準備看清晨的海中日出。

那年有個遊客，名叫老殘。是個會治病的江湖醫生，他搖著串鈴在各縣市大街上走動，替人醫病。

3

4

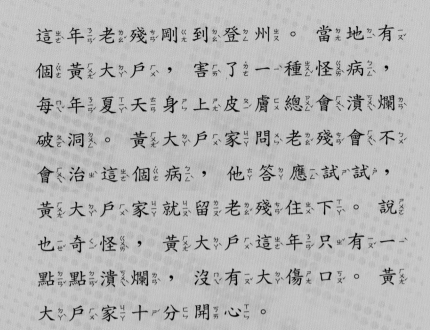

這_{ㄓㄜˋ}年_{ㄋㄧㄢˊ}老_{ㄌㄠˇ}殘_{ㄘㄢˊ}剛_{ㄍㄤ}到_{ㄉㄠˋ}登_{ㄉㄥ}州_{ㄓㄡ}。當_{ㄉㄤ}地_{ㄉㄧˋ}有_{ㄧㄡˇ}個_{ㄍㄜˋ}黃_{ㄏㄨㄤˊ}大_{ㄉㄚˋ}戶_{ㄏㄨˋ}，害_{ㄏㄞˋ}了_{ㄌㄜ}一_ㄧ種_{ㄓㄨㄥˇ}怪_{ㄍㄨㄞˋ}病_{ㄅㄧㄥˋ}，每_{ㄇㄟˇ}年_{ㄋㄧㄢˊ}夏_{ㄒㄧㄚˋ}天_{ㄊㄧㄢ}身_{ㄕㄣ}上_{ㄕㄤˋ}皮_{ㄆㄧˊ}膚_{ㄈㄨ}總_{ㄗㄨㄥˇ}會_{ㄏㄨㄟˋ}潰_{ㄎㄨㄟˋ}爛_{ㄌㄢˋ}破_{ㄆㄛˋ}洞_{ㄉㄨㄥˋ}。黃_{ㄏㄨㄤˊ}大_{ㄉㄚˋ}戶_{ㄏㄨˋ}家_{ㄐㄧㄚ}問_{ㄨㄣˋ}老_{ㄌㄠˇ}殘_{ㄘㄢˊ}會_{ㄏㄨㄟˋ}不_{ㄅㄨˋ}會_{ㄏㄨㄟˋ}治_{ㄓˋ}這_{ㄓㄜˋ}個_{ㄍㄜˋ}病_{ㄅㄧㄥˋ}，他_{ㄊㄚ}答_{ㄉㄚˊ}應_{ㄧㄥ}試_{ㄕˋ}試_{ㄕˋ}，黃_{ㄏㄨㄤˊ}大_{ㄉㄚˋ}戶_{ㄏㄨˋ}家_{ㄐㄧㄚ}就_{ㄐㄧㄡˋ}留_{ㄌㄧㄡˊ}老_{ㄌㄠˇ}殘_{ㄘㄢˊ}住_{ㄓㄨˋ}下_{ㄒㄧㄚˋ}。說_{ㄕㄨㄛ}也_{ㄧㄝˇ}奇_{ㄑㄧˊ}怪_{ㄍㄨㄞˋ}，黃_{ㄏㄨㄤˊ}大_{ㄉㄚˋ}戶_{ㄏㄨˋ}這_{ㄓㄜˋ}年_{ㄋㄧㄢˊ}只_{ㄓˇ}有_{ㄧㄡˇ}一_ㄧ點_{ㄉㄧㄢˇ}點_{ㄉㄧㄢˇ}潰_{ㄎㄨㄟˋ}爛_{ㄌㄢˋ}，沒_{ㄇㄟˊ}有_{ㄧㄡˇ}大_{ㄉㄚˋ}傷_{ㄕㄤ}口_{ㄎㄡˇ}。黃_{ㄏㄨㄤˊ}大_{ㄉㄚˋ}戶_{ㄏㄨˋ}家_{ㄐㄧㄚ}十_{ㄕˊ}分_{ㄈㄣ}開_{ㄎㄞ}心_{ㄒㄧㄣ}。

黃大戶病好了之後，非常開心，因此常請老殘喝酒。

這天，老殘剛吃過午飯，因為多喝了兩杯酒，就躺下來睡。才閉了眼睛，矇矓間看到兩個好友來找他，一起去看蓬萊閣美景。

誰知在登樓賞景的時候，他們看見湖裡一艘大船有難，好像迷失方向，被風打得殘破不全。老殘說：「我們找一條小船，追上大船之後，送他們一個羅盤，教他們使用，以後船長就不用擔心了。」

8

三人急著去救大船，可是船員都沒見過西洋羅盤，有個水手喊：「船主！不要信他們！他們用的是外國羅盤，一定是洋鬼子派來的漢奸！他們一定把這艘大船賣給洋鬼子了，所以才會有這個羅盤！」

「請船主趕緊將這三人殺了，以除後患。用了他的羅盤，就等於收了洋鬼子的訂金，洋鬼子就要來拿我們的船了！」滿船的人於是用力亂砸老殘三人坐的漁船，眼看著就要沉下海中去，老殘覺得自己要淹死了。

忽然聽耳邊有人叫道：「先生，起來吧！飯廳上飯已擺好了。」老殘慌忙睜開眼睛：「原來是場夢！」

過了幾天，老殘向黃大戶說：「主人的病今年不會再發，那麼現在我想往濟南府去，看看大明湖的風景。」老殘收了錢，上路去了。

老殘來到了濟南府， 在鵲華橋邊借了一艘小船。

他在大明湖裡划船， 抬起頭正巧看到湖的對面千佛山上有一座廟， 坐落在蒼松翠柏之間， 又有一兩株丹楓夾雜其中， 有綠有紅有白， 顏色繽紛， 就好像一大幅畫。

再低頭一看，大明湖的湖水澄淨得如同鏡子一般。山的倒影映在湖裡，樓臺樹木好像有光彩，比上頭的千佛山還要好看。湖岸兩旁的蘆花正開著，一片白花映襯著帶著水氣的斜陽。大明湖風光真是美啊！

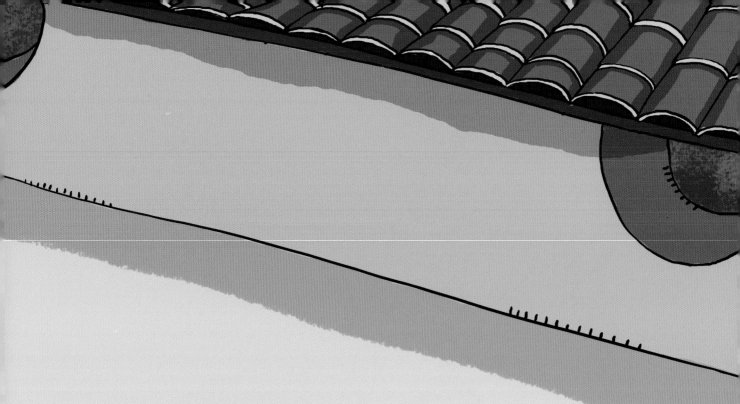

老殘划著船，來到了鐵公祠畔。他下了船，看到鐵公祠大門上有副對聯：「四面荷花三面柳，一城山色半城湖。」暗暗點頭，覺得這副對聯真是寫得好極了！

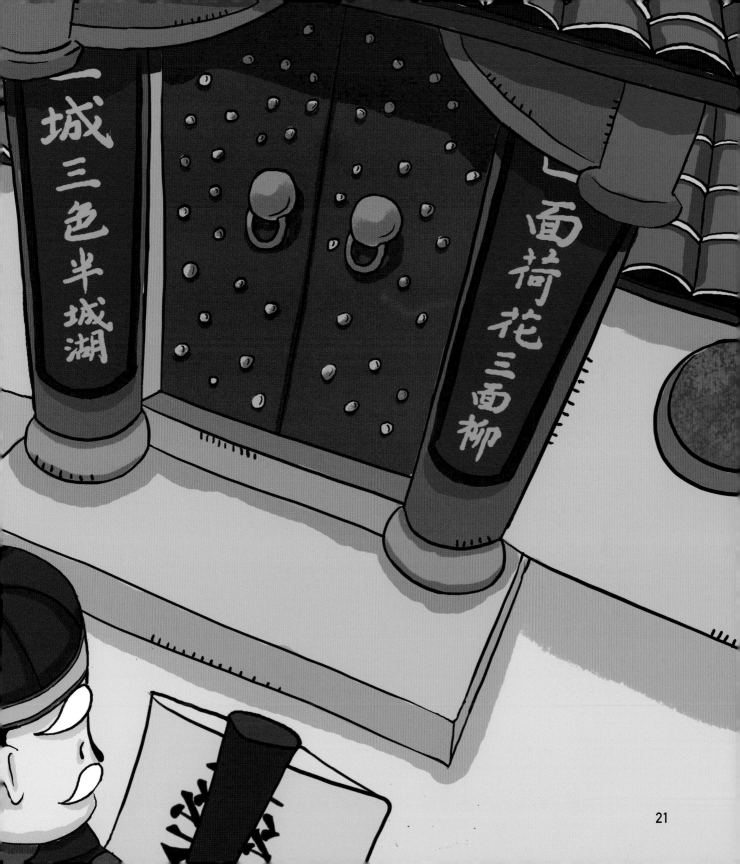

老殘再回到小船上，小船晃蕩在大明湖中，滿滿的荷葉荷花將船夾住。荷葉才剛枯，擦得小船嗞嗞作響，驚動了水鳥撲翅飛起，而已經老掉的蓮蓬則不斷蹦到船窗裡面來。老殘隨手摘了幾個蓮蓬，邊划邊吃，感覺很有趣。

遊完湖，回到了鵲華橋邊，老
殘上了街，才覺得人多擁擠，
有挑擔子的，有推小車子的，
也有坐二人抬小藍泥轎子的。
轎子後面，還有一個跟班的，
一面用手巾擦汗，一面低著頭
狂追著轎子跑。

老殘繼續緩緩向小布政司街走去。一抬頭，就看見牆上貼了一張「說鼓書」的黃紙。又聽到有兩個挑擔子的聊天：「明兒白妞說書，我們不要做生意，來聽書吧。」老殘很好奇：「是什麼樣的說書，讓大家如此瘋狂？」

隔天早上老殘來到明湖居一探究竟，沒想到才進了大戲園子，園子裡已經坐得滿滿。明湖居是個大戲園，戲臺前有一百多張桌子。老殘看了半天，無處落腳，只好給安排座位的人一點錢，才弄到一張短板凳，在人縫裡坐下。

到ㄉㄠˋ了ㄌㄜ中ㄓㄨㄥ午ㄨˇ，從ㄘㄨㄥˊ後ㄏㄡˋ臺ㄊㄞˊ簾ㄌㄧㄢˊ
子ㄗ˙裡ㄌㄧˇ出ㄔㄨ來ㄌㄞˊ一ㄧˊ個ㄍㄜˋ男ㄋㄢˊ人ㄖㄣˊ，
穿ㄔㄨㄢ了ㄌㄜ件ㄐㄧㄢˋ藍ㄌㄢˊ布ㄅㄨˋ長ㄔㄤˊ衫ㄕㄢ。登ㄉㄥ
臺ㄊㄞˊ後ㄏㄡˋ，不ㄅㄨˋ說ㄕㄨㄛ一ㄧˋ句ㄐㄩˋ話ㄏㄨㄚˋ，
就ㄐㄧㄡˋ往ㄨㄤˇ一ㄧˋ張ㄓㄤ椅ㄧˇ子ㄗ˙上ㄕㄤˋ坐ㄗㄨㄛˋ
下ㄒㄧㄚˋ，慢ㄇㄢˋ慢ㄇㄢˋ的ㄉㄜ拿ㄋㄚˊ起ㄑㄧˇ三ㄙㄢ
弦ㄒㄧㄢˊ，隨ㄙㄨㄟˊ便ㄅㄧㄢˋ彈ㄊㄢˊ了ㄌㄜ一ㄧˋ兩ㄌㄧㄤˇ個ㄍㄜˋ
小ㄒㄧㄠˇ調ㄉㄧㄠˋ，接ㄐㄧㄝ著ㄓㄜ˙彈ㄊㄢˊ了ㄌㄜ一ㄧˋ支ㄓ
大ㄉㄚˋ調ㄉㄧㄠˋ。曲ㄑㄩ子ㄗ˙彈ㄊㄢˊ完ㄨㄢˊ，臺ㄊㄞˊ
下ㄒㄧㄚˋ響ㄒㄧㄤˇ起ㄑㄧˇ了ㄌㄜ一ㄧˊ陣ㄓㄣˋ陣ㄓㄣˋ叫ㄐㄧㄠˋ好ㄏㄠˇ
的ㄉㄜ聲ㄕㄥ音ㄧㄣ。

停了數分鐘後，簾子裡面出來一個姑娘，約有十六七歲。忽然有鼓聲一敲，姑娘的歌聲一出有如黃鶯鳥，字字清脆，聲音忽高忽低、忽緩忽急。其中轉換腔調的地方，變化無窮，比起老殘聽過的都好太多了。

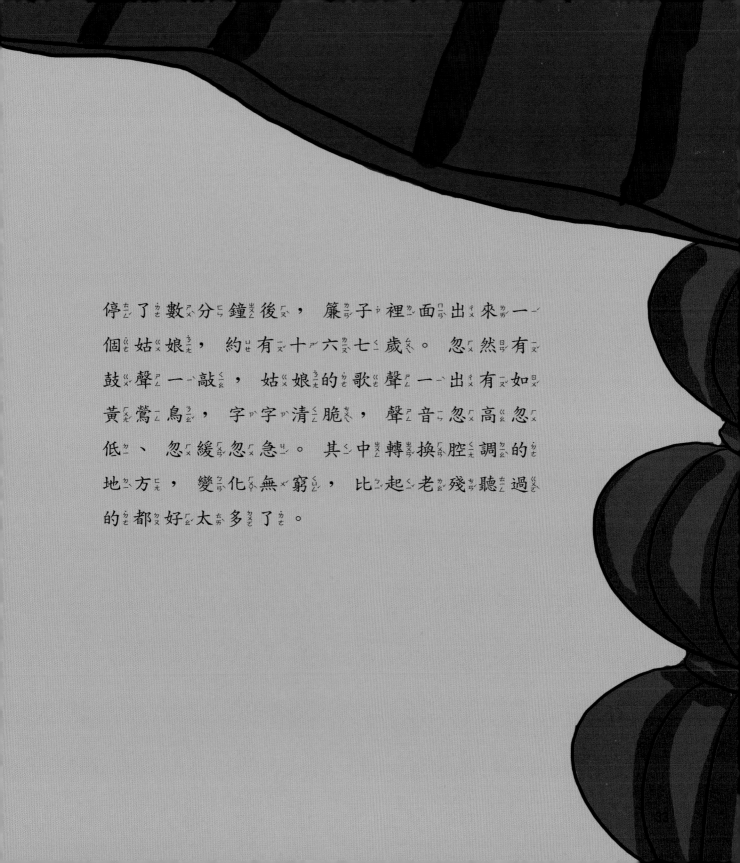

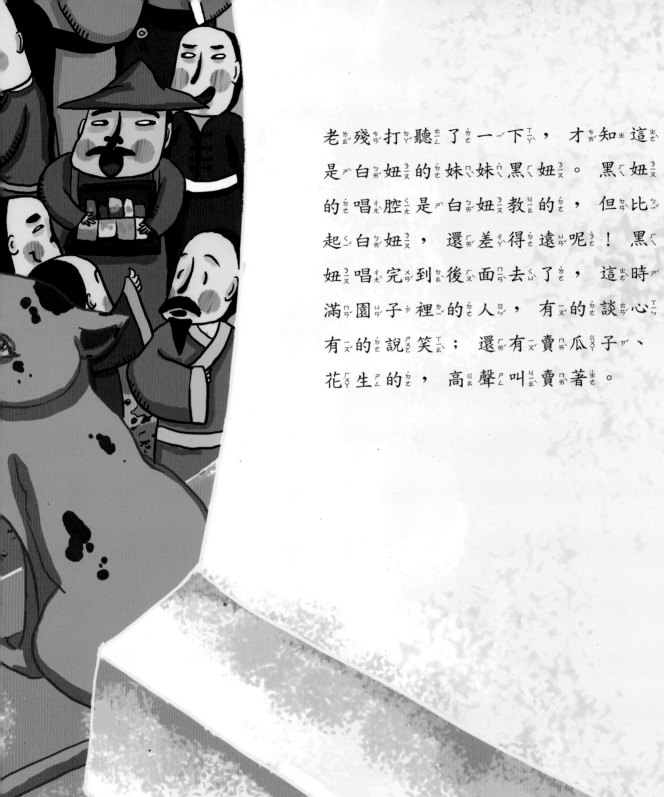

老殘打聽了一下，才知這是白妞的妹妹黑妞。黑妞的唱腔是白妞教的，但比起白妞，還差得遠呢！黑妞唱完到後面去了，這時滿園子裡的人，有的談心有的說笑；還有賣瓜子、花生的，高聲叫賣著。

正鬧哄哄時，只見那後臺裡，又出來了一位姑娘，年紀約十八九歲，穿得與黑妞毫無分別。原來這就是白妞，她那雙眼睛向臺下一看，連那坐在遠遠角落的人，都覺得白妞瞧著自己。全場的觀眾都閉上了嘴，靜靜的等著白妞開口。

白妞唱了幾句，聲音一開始不大，聽起來卻十分美妙。唱了十數句之後，漸漸的越唱越高。忽然間，唱了個高音，就像一線鋼絲拋到天空，聽的人都覺得驚奇。彈弦的和唱歌的互相配合，十分精采。

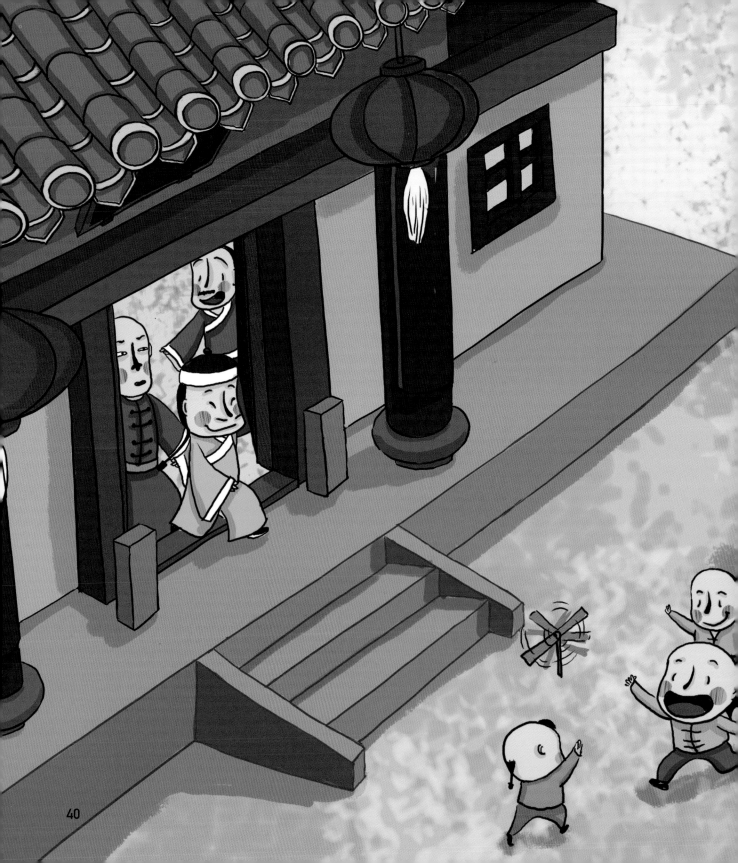

白ㄅㄞˊ妞ㄋㄧㄡ一ㄧ唱ㄔㄤˋ完ㄨㄢˊ，臺ㄊㄞˊ下ㄒㄧㄚˋ聽ㄊㄧㄥ眾ㄓㄨㄥˋ立ㄌㄧˋ刻ㄎㄜˋ拍ㄆㄞ手ㄕㄡˇ叫ㄐㄧㄠˋ好ㄏㄠˇ。白ㄅㄞˊ妞ㄋㄧㄡ下ㄒㄧㄚˋ臺ㄊㄞˊ後ㄏㄡˋ，黑ㄏㄟ妞ㄋㄧㄡ出ㄔㄨ來ㄌㄞˊ說ㄕㄨㄛ了ㄌㄜ幾ㄐㄧˇ句ㄐㄩˋ話ㄏㄨㄚˋ後ㄏㄡˋ就ㄐㄧㄡˋ結ㄐㄧㄝˊ束ㄕㄨˋ了ㄌㄜ，於ㄩˊ是ㄕˋ大ㄉㄚˋ家ㄐㄧㄚ就ㄐㄧㄡˋ都ㄉㄡ散ㄙㄢˋ了ㄌㄜ，老ㄌㄠˇ殘ㄘㄢˊ也ㄧㄝˇ起ㄑㄧˇ身ㄕㄣ繼ㄐㄧˋ續ㄒㄩˋ遊ㄧㄡˊ歷ㄌㄧˋ。

老殘遊記
帝國的最後一瞥

讀本

原典解説◎夏婉雲

劉鶚為人不拘小節，一生交遊廣闊。他對師長深心求教，對朋友仗義相助，最後卻遭人陷害，病死異鄉。

TOP PHOTO

劉鶚（1857～1909年）（左圖），字鐵雲，筆名鴻都百鍊生。自幼天資聰穎，性格落拓不羈。年輕時不願用心於八股制藝，而廣泛學習水利、音律、天文等學問，興辦過公司，可惜最後都關閉。後來被袁世凱誣告為漢奸，發配邊疆，病死他鄉。《老殘遊記》是他晚年的作品，將畢生經歷與國族情懷寄託於小說之中。

相關的人物

劉鶚

李平山

連孟青

李平山，名光炘，別號龍川，是太谷學派創始者周太谷的弟子之一。太谷學派創立於嘉慶、道光年間，主要分布在儀徵、揚州、泰州、蘇州之間，是當時儒家重要的派別之一。劉鶚拜入李平山門下，成為他的得意門生。太谷學派深深影響了劉鶚一生的思想、行事及小說創作。

連孟青，筆名憂患餘生。主張反清排滿，曾在《繡像小說》上刊登描寫義和團運動的小說《鄰女語》。1903年因文案牽連被清廷追捕，逃至上海，生活頓時陷入困境。劉鶚此時拔刀相助，將《老殘遊記》書稿託付給他代為出售，所得金額便作為資助。

剛毅是清朝光緒年間重要的大臣，劉鶚《老殘遊記》中的剛弼，就是用來暗諷當時的剛毅。小說中的剛弼拒絕巨額賄賂，但卻倚仗自己的清廉，一味的臆測斷案，不僅枉殺好人還釀成駭人聽聞的冤獄。

剛毅

吳大澂是江蘇省吳縣人，即今江蘇蘇州，是清代著名的學者、金石學家、書畫家。光緒年間黃河氾濫相當嚴重，而當時奉命治理黃河的吳大澂卻苦無成效，幸賴精通水利的劉鶚從旁協助，黃河的潰堤也因此治理完善。

吳大澂

王懿榮，晚清翰林，三任國子監祭酒。精通金石學，是中國發現甲骨文的第一人。八國聯軍之後，自殺殉國。其子將所藏甲骨全部售予劉鶚，劉鶚加以研究之後，出版了《鐵雲藏龜》這部中國首部甲骨文專著。

王懿榮

袁世凱

袁世凱，清末民初政治人物，北洋軍閥領袖。首任中華民國大總統，於 1916 年復辟稱帝，旋即被推翻，不久病逝。十九世紀末年在山東教案中彈壓義和團，保護教民，被拔擢為山東巡撫。劉鶚與袁世凱有宿怨，光緒三十四年被袁世凱誣陷為漢奸，流放新疆。右圖為 1899 年任山東巡撫時的袁世凱。

45

劉鶚生活在內憂外患頻仍的年代，不僅遭逢義和團運動，還目睹八國聯軍佔領北京，簽訂《辛丑條約》。

1857 年

劉鶚祖籍是江蘇省鎮江，咸豐七年出生於江蘇省六合縣。此時中國境內正有太平天國、捻亂等民變，同時英法聯軍也攻佔廣州，而西方列強侵略中國的勢力也逐漸一日強似一日。下圖為清朝聯合外國勢力組成的常勝軍，在英國洋槍隊的協助下與太平軍對戰。

TOP PHOTO

出生

相關的時間

治理黃河

發現甲骨文

1888 年

光緒十三年，黃河在鄭州附近潰堤，造成下游各省嚴重水災。隔年，劉鶚前往鄭州投效吳大澂治理黃河的工程，經歷數月整治後，黃河水災終於得到控制。劉鶚也利用此次治水的經驗，寫成了《治河七說》等相關書籍。

1899 年

光緒二十五年，王懿榮發現來自河南安陽小屯村的烏龜腹甲上刻有文字。經過研究，是商朝所留下的占卜記錄，學者稱為甲骨文，劉鶚對甲骨文亦有相關的研究。

辛丑條約

1901 年

光緒二十六年（1900 年），英、法、德、美、日、俄、義、奧八國為了阻止義和團對北京駐外使館的圍攻，於是派遣軍隊鎮壓。義和團被平定後，八國聯軍佔領北京，與清廷簽訂《辛丑條約》，清朝政府付出鉅額的賠款，使財政支出更加雪上加霜。下圖為 1901 年簽訂《辛丑條約》的各國公使合影。

TOP PHOTO

老殘遊記刊行

1903 ～ 1907 年

光緒二十九年，劉鶚的《老殘遊記》首先刊行在《繡像小說》，當時劉鶚的署名是「鴻都百鍊生」，或「劉鐵雲」、「丹徒劉鐵雲」。後來又續寫了好幾回，連載於《天津日日新聞》。自 1903 年至今，《老殘遊記》所印行的中文版本，約有一百餘種，流傳甚廣。

流放新疆

1908 年

八國聯軍佔領北京後，北京民眾因斷糧而受飢。劉鶚於是向聯軍購得原本屬於清朝政府的儲糧，以低價售出解救飢民。光緒三十四年，劉鶚因此事件遭人誣告為漢奸，清廷於是將他發配新疆。

逝世

1909 年

劉鶚逝世於宣統元年，此時中國內憂外患加劇，而先前的自強維新、戊戌變法也相繼失敗。清朝政府雖然在各省成立諮議局並預備立憲，但有志之士覺得清朝的衰敗已無法挽回，遂傾向於以革命方式推翻滿清。

劉鶚不僅是小說家，還精通甲骨文、醫學、水利、數學等各式各樣的學問，也主張推行實業以富國強兵。

《老殘遊記》是劉鶚著名的章回小說，同時也是晚清四大譴責小說之一。小說中的主角老殘是一位江湖醫生，而劉鶚就是藉由他抒發自己在中國遊歷時的所見所聞。這本小說無論是寫景、狀物還是敘事，都非常有特色。

劉鶚一生從事於實學、實業，所謂的實學、實業就是跟經世濟民有關的學問或事業。晚清列強入侵，在中國境內廣設立洋行、開採礦產，或者興建鐵路以牟取利益，劉鶚為了避免利益全部入流外國人手中，也興辦了不少實業。

老殘遊記

實業

相關的事物

甲骨文

TOP PHOTO

甲骨文是刻在龜甲或獸骨上的占卜紀錄，是商朝的文獻。清朝末年，大量商朝的甲骨文從地下出土。劉鶚向王懿榮後代購買了大量的甲骨文，並編成《鐵雲藏龜》一書。上圖為《鐵雲藏龜》線裝本，河南安陽中國文字博物館藏。

醫學

TOP PHOTO

劉鶚曾當過醫生，對中醫、中藥也頗有研究，著有《溫病條辨歌訣》、《要藥分劑補正》、《人壽安和集》、《老殘醫記》等。《老殘遊記》的主人翁，也是一名浪跡江湖的醫生。上圖為清末北京街頭常見手搖串鈴的賣藥醫生。

水利

劉鶚年輕時曾對水利進行過研究，也曾幫助吳大澂治理黃河，著有《歷代黃河變遷圖考》、《治河七説》、《治河續説》等書。從《老殘遊記》開頭對黃河結冰的描述，可以看出他對水利治理的嫻熟。

 數學

劉鶚青年時期不願參與科舉考試，而是廣泛學習水利、算學、醫學、金石、天文、音律、訓詁等各種學問。在數學研究方面，著有《勾股天元草》、《弧三角術》。

 廣陵琴派

劉鶚不僅精通水利、數學，還精通音律。在音律上，劉鶚是廣陵琴派的傳人，曾出版《十一弦館琴譜》、《抱殘守缺齋手抄琴譜》，而且喜歡收藏古琴。

劉鶚一生足跡踏遍中國大江南北，經歷過八國聯軍攻破的
北京，也在揚州行醫過，最後病逝新疆。

清朝末年所出土的甲骨文，就在今日河南安陽小屯村。此一地點
是商朝晚期的國都，即一般所謂的「殷墟」。王懿榮發現甲骨上
刻有文字之後，大量購買並加以保存。劉鶚則是將相關甲骨片編
成《鐵雲藏龜》。

安陽

大明湖是山東濟南的三大名勝之一，是
一座位於繁華都市中的天然湖泊。大明
湖中最大的湖心島上有一座著名的歷下
亭，是往來遊客必經之地。《老殘遊記》
第二回的〈明湖居聽書〉，就是以此處
作為地理背景。下圖為大明湖公園一景。

大明湖

相關的地方

TOP PHOTO

北京

由於慈禧太后的支持，以及中國居民對外國列強的仇恨，義和團以「扶清滅洋」
為口號，四處燒毀西洋教堂，並且殺害外國人。英、美等八國組織軍隊平定義和
團，並攻破北京。劉鶚就曾經歷此一事件，並解救過北京飢民。

黃河

黃河是中國的第二長河，發源於青康藏高原，而由山東注入渤海。黃河氾濫的情況遠比長江嚴重，而精通水利工程的劉鶚，也曾協助過吳大澂治理黃河。同時，《老殘遊記》一開始所描繪的〈黃河結冰記〉，也是以此作為背景。下圖為陝西黃河壺口瀑布。

TOP PHOTO

新疆

八國聯軍攻破北京之後，北京居民無法正常生活，因而成為飢民。劉鶚為了解救飢民，於是向俄國的軍隊以低價購買原本是清朝政府的儲糧來救災。但後來因此事被誣告為漢奸，最後被發配新疆受刑。

淮安

劉鶚被發配到新疆迪化受刑，隔年就病死了。死後埋葬在江蘇淮安。今日的江蘇淮安，還保留著劉鶚的故居。劉鶚故居是劉鶚父親在生前所買下的，退休後居住在此，劉鶚死後，就成為紀念劉鶚的地方。

揚州

揚州為中國歷史名城，位於江蘇省，境內航運發達，自古以來便是人文薈萃的文化勝地。劉鶚大約二十八歲時，曾經在揚州行醫濟世，這段經歷也成為《老殘遊記》的寫作素材。

老殘遊記

　　劉鶚筆名「鴻都百鍊生」，所作《老殘遊記》是晚清四大譴責小說之一。「譴責」指的是對社會政治的黑暗發出不平之音，但這部小說不僅止於此，而是有著作者深深的寄託。

　　劉鶚出生於官宦世家，自幼接受良好教育。他對國家民族一直很關懷。當時中國內憂外患，國勢搖搖欲墜。在這樣惡劣的時代，他及其他知識分子紛紛主張改革，向滿清政府提出很多改革方案，希望藉機富國強兵。

　　他在《老殘遊記》初編自敘說：「吾人生今之時，有身世之感情，有家國之感情，有社會之感情，有宗教之感情。其感情愈深者，其哭泣愈痛。此鴻都百鍊生所以有《老殘遊記》之作也。」

樹上有幾隻老鴉，縮著頸項避寒，不住的抖擻翎毛，怕雪堆在身上。又見許多麻雀兒，躲在屋簷底下，也把頭縮著，怕冷。

—《老殘遊記·第六回》

　　在這樣動盪、昏亂的時局與不平順的際遇下，劉鶚時常深感痛苦和無奈，因此藉由創作抒發內心傷感。

　　因此，在《老殘遊記》中，他利用許多人物與事物來諷刺時政，與表達自身的感嘆。例如在第六回中的寒冬老鴉，便是他比喻時局艱辛，百姓生活困苦、饑寒交迫的景象。

　　創作《老殘遊記》，能夠轉化現實人生給予劉鶚的種種挫敗感。對劉鶚來說，如果能在人世之中尋找到心意相通的知音，或許可以稍稍化解自己短暫生命的消逝，卻一事無成的憂傷吧！

又見那老鴉有一陣刮刮的叫了幾聲，彷彿他不是號寒啼飢，卻是為有言論自由的樂趣，來驕這曹州府百姓似的。 ─《老殘遊記·第六回》

《老殘遊記》藉由一個搖串鈴的江湖醫生「老殘」在遊歷途中的所見所聞，反映了晚清的某些社會現實，表達了作者的政治主張。

他痛恨自以為是的清官，認為他們比貪官酷吏更可惡。例如玉賢：玉賢壓迫曹州府百姓，自以為不要錢，衙門口放了十二架站籠，任何難辦的案子，只要他看的人不順眼，或那人說話不得法，就判他去站籠裡站死，因此造下了無數的冤案，使百姓生不如死、痛苦萬分。老殘在遊歷途中聽說了玉賢的酷虐行徑，又目睹鳥雀挨餓受凍，內心不禁悲憐起來，將這種心情轉移到百姓身上，深感這些百姓除了像鳥雀一樣得挨餓受凍外，動輒還被當成強盜處死，隨時處在恐懼、驚嚇中，比起鳥雀還悲慘。

劉鶚在《老殘遊記》中大力抨擊這種自命清官的酷吏，他認為貪官可惡，人人都知道，卻不知清官其實比貪官更加可惡。因為貪官不敢光明正大的貪汙作惡，而清官卻自命清廉，沒有什麼事不可做，小則殺人，大則誤國，實在要警惕啊！

《老殘遊記》中，除了有諷刺現實的政治意義之外，也是富有哲學意義的抒情作品。此外，劉鶚更在文字上力求創新，無論寫人寫景，都不肯套用陳腔爛調，總想別具匠心，另創新詞。書中有許多極負盛名的文字，如千佛山景的倒影、明湖居歌聲的婉轉、黃河結冰的形容等等，都是書中很精采的段落。這種新穎的寫作手法在中國傳統小說中是「前無古人」的。也因為這些精采的創新寫法，使得小說一開始在晚清報刊上連載，便大受讀者歡迎，很快就印行了許多版本。

老殘

　　老殘可以說就是劉鶚的化身。他在一個仕宦的家庭裡成長，父親是個三四品的官，因個性迂腐，又不會要錢，所以做了二十年官，告老回家仍是賣了袍褂才有路費。你想，他可有餘錢給兒子用嗎？

　　老殘既無祖上的事業可守，當年雖讀過許多詩書，對八股文章卻沒有興趣，自然沒有考功名，不能任官；教書沒人要他，學生竟又嫌他歲數大，因此生活漸漸陷入困頓之中。碰巧，他這時遇見了一位能治百病的道士，老殘就拜師學藝，學給人治病的良方。學成後就遊走在各鄉鎮間，邊治病邊遊歷，查訪民間疾苦，也幫官吏及百姓解除困難。

　　一個江湖郎中怎會有如此胸襟？怎會有這麼多辦法呢？原來老殘和那些只會考科舉的人不同，他遍讀群書，吸收許多

這老殘既無祖業可守，又無行當可做……。可巧天不絕人，來了一個搖串鈴的道士，說是曾受異人傳授，能治百病……。所以這老殘就拜他為師，學了幾個口訣，從此也就搖個串鈴，替人治病餬口去了。

——《老殘遊記·第一回》

與藝文、科學、哲學等有關的知識，這些知識激發出他悲天憫人的情懷，與「以天下為己任」的人生態度，他用自己的方法幫助悲苦的百姓蒼生，開始步上他實踐理想的人生道路。

　　他除了愛好音樂、文學，對「西學」還很有興趣，認為國家要強盛，要靠天文、數學、醫學、水利等科學來輔助。他學識淵博，涉獵廣泛，個性又極為隨和，所以會醫病、會治水、會辦冤案、會築鐵路、會挖煤礦，真可說是一位全才！

老殘向人瑞道：「這事真正荒唐！是史觀察不是，雖未可知，然創此議之人卻也不是壞心，並無一毫為己私見在內，只因但會讀書，不諳世故，舉手動足便錯。……天下大事壞於奸臣者十之三四，壞於不通世故之君子者倒有十分之六七也！」──《老殘遊記‧第十四回》

在老殘心中，治理黃河是活人濟眾的行為，他對於治河自有一套見解。當時的山東巡撫莊宮保，年年為了河患傷透腦筋，他聽說老殘學識淵博，精通水利，就請教老殘治水之道。老殘主張黃河決口，鬧水患幾十天而已，不需大改變。不過那時莊宮保沒有仔細請教老殘的計畫，後來卻聽從另一名官員史觀察的建議，結果竟釀成大禍。

原來黃河下游每年都會氾濫成災，但是一般人崇古觀念根深蒂固，認為治水應該採用漢朝賈讓的策略，就是將黃河水道拓寬。然而一旦拓寬，就必須拆掉老百姓出錢出力修築的防洪堤防，如果沒有更周密的配套措施，失去堤防保護的那十幾萬人家就會被活活淹死。

莊宮保原本疼惜百姓，要撥三十萬銀子遷民，卻又聽到有人説，如果百姓知道要拆掉堤防一定不肯，這樣一來就無法拓寬水道了。沒想到那莊宮保當真就沒給百姓知道，答應廢了堤，導致那年黃河發生嚴重水患，百姓倉皇逃生不及，淹死了十萬人！

　　這件慘絕人寰的事，是老殘從黃人瑞招來的兩名妓女翠環和翠花口中聽説的，她們就是那次山東河患的受害者，原是家境好有教養的女孩，如今一夕之間什麼都沒有了，只好淪落為妓女。

　　老殘聽完翠環含淚訴説此事的來龍去脈之後，不禁搖頭嘆息。他平生最痛恨就是像史觀察這樣只會讀書、不懂世事的人，老是拿著古人的意見作為自己的主張，完全不知變通，反而害死無辜的老百姓。這些不通世故的君子，反而比奸臣為害更甚啊！

白妞

　　白妞就是王小玉，是山東出了名的說書高手。說書是山東鄉下的土調，用一面鼓、兩片鐵片敲著，邊演邊說。白妞將西皮、二簧、昆曲、小梆子腔唱，裝在大鼓書的調兒裡，唱些歷史上古人的故事，成了有名的表演藝術。

　　那天小玉說書中午一點才上演，老殘十點不到就進了大戲園子。只見一百多張桌子都坐滿了，他只好塞在人縫裡，勉強坐下來。座中人聲鼎沸，戲臺上卻空蕩蕩的。等到十二點半鐘，才出來一個彈三弦的人來試音。之後，首先出來開唱的，是白妞的妹妹黑妞，她歌聲如黃鶯，字字清脆，聲音忽高忽低、忽急忽緩，十分婉轉動聽。黑妞唱完下場，滿園子又是叫賣著瓜子、花生、核桃仁的鬧哄哄人聲。

　　等呀等，王小玉終於出來了。她大約十八、九歲，長長瓜子臉兒，長得白白淨淨，相貌還不錯，頭髮束在腦後，銀耳環在耳垂晃

瓜子臉兒，白淨面皮……，只覺得秀而不媚，清而不寒。……那雙眼睛，如秋水，如寒星，如寶珠，如白水銀裡頭養著兩丸黑水銀，左右一顧一看，連那坐在遠遠牆角子裡的人，都覺得王小玉看見我了。

—《老殘遊記‧第二回》

呀晃；身穿一套藍布衣褲，黑布鑲滾，雖是粗布衣裳卻很乾淨，整個人一副清秀的模樣。

　　她半低著頭出來，立在半桌後面，把梨花簡噹噹了幾聲。奇怪！只是兩片頑鐵，到她手裡，便有了五音。她又將鼓捶子輕輕的點了兩下，方抬起頭來，向臺下一盼。那雙眼睛，像秋水，像寒星，像寶珠，又像白水銀裡養著兩個黑水銀，左右一顧一看，連那坐在遠遠牆角裡的人，都覺得王小玉看見自己了！就這一眼，滿園子裡便鴉雀無聲，比皇帝出來還要靜悄得多呢，連一根針跌在地下都聽得見！

　　小小女生只弄弄鐵簡、輕巧點點鼓捶、眼睛顧盼生姿，立刻震撼了全場、征服了全場觀眾的心。

王小玉便啟朱脣，發皓齒，唱了幾句書兒。聲音初不甚大，只覺入耳有說不出來的妙境。五臟六腑裡，像熨斗熨過，無一處不伏貼。三萬六千個毛孔，像吃了人參果，無一個毛孔不暢快。——《老殘遊記·第二回》

　　白妞的聲音唱到高處時，就像一線鋼絲拋入天際，要多高有多高；她的中氣，要多長就有多長，凡聽過的人，無不神魂顛倒。她那盪氣迴腸的聲音能入人心肺，使人身心暢快。

　　白妞的聲音實在變化多姿，她那高低往返迴旋的唱腔，就好比「登山」。越翻越高的聲音，就像翻過一個山頭，又見另一個山頭，連翻三四疊後，還能百轉千迴，陡然落下。其妙處在於她說得極快的時候，聽的人彷彿都趕不上，耳朵忙不過來，不曉得自己該聽哪一聲才好。

　　她的聲音迴繞轉折，像是「飛蛇」。一條「飛蛇」在「黃山」半腰盤旋穿插，頃刻之間，繞山數遍。

從此以後，越唱越低，越低越細，那聲音漸漸的就聽不見了。聽的人都屏氣凝神，連動都不敢動。

接著，她的聲音突然迸發，又像是「煙火」。那忽然揚起的聲音，像一個子彈上天，隨後化作千百道五色火光，縱橫散亂。如果以「春天」來形容白妞唱聲與男子弦聲的和諧呼應，真像梨山春曉，百花齊放，眾鳥亂鳴。

正當歌聲弦聲撩亂之際，忽然「鏘」的一聲，弦歌俱寂，為這場說書畫下一個完美的句點。這時臺下叫好之聲轟然雷動，眾人意猶未盡，都不肯走，期待著她再出場演出。

白妞說書造詣深厚，技藝超群。每當有她說書的場子，街坊百姓無不奔相走告，就算放下手邊工作，也要去聽她一回。如此深受歡迎的程度，足見她在這表演藝術上，下了許多功夫。

玉賢

晚清末年世局動盪，老百姓動不動就成匪寇，反抗怒潮如火如荼、此起彼落，朝廷只好倚重那些鎮壓群眾反抗的「清官」來維持殘局。《老殘遊記》中就有兩個陰毒冷酷的酷吏——玉賢與剛弼。

剛弼曾拒絕大筆錢的賄賂，卻倚仗自己不要錢、不受賄，一味臆測斷案，枉殺了很多好人。在審訊賈家十三條人命的大案時，主觀武斷，斷定魏氏父母是凶手，嚴刑逼供，鑄成駭人聽聞的冤獄。

另外一個最主要的「清官」就是玉賢。玉賢自命「清官」，整治偷盜罪案，聲名遠播，雷厲風行的政績看上去雖是清官，實際上卻是殘酷的官吏。他發明「站籠」來處罰人犯，在衙門前立了十二個站籠，讓站在籠裡的犯人三天不吃不喝，也不能睡，三四天就會把人給站死了。

玉賢稱為「能吏」，他的「政績」暴露出官僚政治的黑暗殘暴和民眾的慘痛，劉鶚藉著他審理于朝棟這椿案子，指出「清官」比

玉大人凝了一凝神，說道：「我最恨這些東西！若要將他們收監，豈不是又被他多活了一天去了嗎？斷乎不行！你們去把大前天站的四個放下，拉來我看。」

——《老殘遊記‧第五回》

貪官還要可惡、還要可恨。這些「清官」其實是一些急於要做大官而不惜殺民來邀功、用百姓鮮血染紅烏紗帽的劊子手。在他任曹州知府不到一年的時間，衙門前十二個站籠便站死了兩千多人，其中十個倒有九個是良民。

　　審理于朝棟一家的時候，站籠一時沒有空，玉賢不願意犯人在監牢裡先關著，因為這樣就讓犯人白白多活一天了。嫉惡如仇的樣子，已經將人未審先判了。沒想到，他竟下令把先前的四個犯人放下，先用板子打死，如此便立刻挪出站籠，關新的犯人。玉賢這種罔顧人命的做法，真是太殘酷了！

大人親自下案，用手摸著四人鼻子，說道：「是還有點游氣。」復行坐上堂去，說：「每人打二千板子，看他死不死！」那知每人不消得幾十板子，那四個人就都死了。——《老殘遊記‧第五回》

　　其實，劉鶚筆下的玉賢，就是在影射當時的山東巡撫毓賢。他因為心腸硬，下手狠，因此官運亨通，先後出任山東按察使、布政使、江寧將軍，之後在光緒二十五年（1899 年）三月，又高升為山東巡撫。

　　在玉賢大人手中，有數件冤案，其中于家被強盜移贓一案，就很悲慘。富有的于家因小事得罪了強盜，強盜故意藏匿一包衣服在他家，栽贓他們。玉賢不搜求證據，硬以為他們窩藏強盜，一定是把強盜藏到哪裡去。玉賢大人辦案不研究事實，冤死了一家三口。先是于家老頭子站死了，兒子于學禮讀過兩年書，見過世面，據理力爭也被站；他的妻子吳氏跪倒在府衙門口，看著于學禮的站籠大哭一場，拔刀自刎了。這

件事感動了三班差役，他們求玉賢大人把她的丈夫放了，「以慰烈婦幽魂」，玉大人聽完後反笑他們太慈悲了！

玉賢這酷吏，他自以為不要錢，什麼都敢做。判案時剛愎自用，完全不講求搜求證據、研究事實、判斷是非；完全信任自己的武斷，固執成見。即使知道于家父子三人是冤枉的，但因擔心名聲受損，官途受阻，於是寧願殺錯，也不願放過。

老殘經過親身訪察，才知道原來玉賢政途一路上平步青雲，受長官賞識拔擢，都是踩著善良百姓的身軀，踏血前進的；玉賢的一世清官美名，竟是由一具具站籠支架而成。

像玉賢這種以民為賊，欺壓百姓，傷天害理，卻享有「清官」之名的人，在老殘眼中，是列在「必殺」之列的。

當老殘遊記的朋友

　　《老殘遊記》是一部以晚清衰敗國勢為背景的長篇白話章回小説。是劉鶚為了幫助落難的好友，又擔心直接給予金錢會傷了好友的自尊心，於是揮筆而就的一部小説。他把書稿交給好友代為出售，得到的金錢就當作資助了。這樣的劉鶚，是不是很有為朋友拔刀相助的俠義精神呢！

　　既然書名是「遊記」，當然就會有精采的遊歷見聞。在《老殘遊記》中，你可以跟著老殘遊歷山東名勝，看那千佛山色五彩繽紛，美得好像一幅畫；看那澄清如鏡的山東大明湖上，千佛山倒影光彩秀麗；還看看那四大名泉，瞧瞧那金線泉相傳的「金線」究竟藏在哪兒。當然，你一定不能錯過那遠近馳名的王小玉説書！讓老殘帶你去見識見識聲音怎麼一下像迂迴繚繞的飛蛇、一下像五彩散亂的煙火，又怎麼像梨山春曉、眾鳥亂鳴。

　　如果你以為《老殘遊記》只是一般「遊記」，那未免太小看它了。《老殘遊記》被公認為晚清四大譴責小説之一。譴責，指的是對社會政治的黑暗發出不平之鳴，但這部小説還不僅止於此，更有著劉鶚個人深深的情感寄託在內。你可以透過老殘的眼睛，看見晚清黑暗腐敗的社會亂象。那些讓百姓生不如死的可惡官吏，所作所為讓人看了直搖頭，也讓人對受苦的人們心生同情。

　　快來和《老殘遊記》做朋友吧！人生就像一趟旅行，沿途中有賞心悦目的風景，有值得留戀的可愛人物，有令人回味的美好事物，當然也會有許多不公不義的事情將隨時發生。只要我們保持著一顆誠摯的心，認真體會生活，不吝於相互扶持，那麼風和日麗也好，狂風暴雨也罷，最後都能感到不虛此行。

我是大導演

看完了老殘遊記的故事之後，
現在換你當導演。
請用紅圈裡面的主題（遊記），
參考白圈裡的例子（例如：大湖），
發揮你的聯想力，
在剩下的三個白圈中填入相關的詞語，
並利用這些詞語畫出一幅圖。

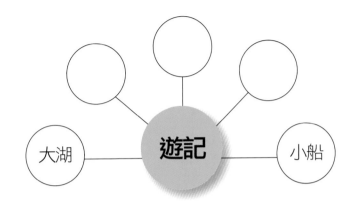

◎ 少年是人生開始的階段。因此，少年也是人生最適合閱讀經典的時候。這個時候讀經典，可為將來的人生旅程準備豐厚的資糧。因為，這個時候讀經典，可以用輕鬆的心情探索其中壯麗的天地。

◎ 【經典少年遊】，每一種書，都包括兩個部分：「繪本」和「讀本」。繪本在前，是感性的、圖像的，透過動人的故事，來描述這本經典最核心的精神。小學低年級的孩子，自己就可以閱讀。讀本在後，是理性的、文字的，透過對原典的分析與說明，讓讀者掌握這本經典最珍貴的知識。小學生可以自己閱讀，或者，也適合由家長陪讀，提供輔助說明。

◎ 【經典少年遊】，我們先出版一百種中國經典，共分八個主題系列：詩詞曲、思想與哲學、小說

001 世說新語　魏晉人物畫廊
A New Account of Tales of the World: Anecdotes in the Southern and Northern Dynasties
故事／林羽豔　原典解說／林羽豔　繪圖／吳亦之

東漢滅亡之後，魏晉南北朝便出現了。雖然局勢紛亂，但是卻形成了自由開放的風氣。《世說新語》記錄了那個時代裡，那些人物怎麼說話、如何行事。讓我們看到他們的氣度、膽識與才學，還有日常生活中的風雅與幽默。

002 搜神記　神怪故事集
In Search of the Supernatural: Records of Gods and Spirits
故事／劉美瑤　原典解說／劉美瑤　繪圖／顧珮仙

晉朝的干寶，搜集了許多有關神仙鬼怪與奇思異想的故事，成為流傳至今的《搜神記》。別小看這些篇幅短小的故事，它們有些是自古流傳的神話，有的是民間傳說，統稱為「志怪小說」，成為六朝文學的燦爛花朵。

003 唐人傳奇　浪漫的傳說故事
Tang Tales: Collections of Tang Stories
故事／康逸藍　原典解說／康逸藍　繪圖／林心雁

正直的書生柳毅相助小龍女，體驗海底龍宮的繁華，最後還一同過著逍遙自在的生活。唐人傳奇是唐朝的文言短篇小說，內容充滿奇幻浪漫與俠義豪邁。在這個世界裡，我們不僅經歷了華麗的冒險，還看到了如夢似幻的生活。

004 竇娥冤　感天動地的竇娥
The Injustice to Dou E: Snow in Midsummer
故事／王蕙瑄　原典解說／王蕙瑄　繪圖／榮馬

善良正直的竇娥，為了保護婆婆，招認自己從未犯過的罪。行刑前，她許下三個誓願：血濺白布、六月飛雪、三年大旱，期待上天還她清白。三年後，竇娥的父親回鄉判案，他能發現事情的真相嗎？竇娥的心聲，能不能被聽見？

005 水滸傳　梁山好漢
Water Margin: Men of the Marshes
故事／王宇清　故事／王宇清　繪圖／李遠聰

林沖原本是威風的禁軍教頭，他個性正直、武藝絕倫，還有個幸福美滿的家庭，無奈遇上了欺壓百姓的太尉高俅，不僅遭到陷害，還被流放到偏遠地區當守軍。林沖最後忍無可忍，上了梁山，成為梁山泊英雄的一員大將。

006 三國演義　風起雲湧的英雄年代
Romance of the Three Kingdoms: The Division and Unity of the World
故事／詹雯婷　原典解說／詹雯婷　繪圖／蔣智鋒

曹操要來攻打南方了！劉備與孫權該如何應戰，周瑜想出什麼妙計？大戰在即，還缺十萬支箭，孔明卻帶著二十艘船出航！羅貫中的《三國演義》，充滿精采的故事與軍機妙算，記錄這個風起雲湧的英雄年代。

007 牡丹亭　杜麗娘還魂記
Peony Pavilion: Romance in the Garden
故事／黃秋芳　原典解說／黃秋芳　繪圖／林虹亨

官家大小姐杜麗娘，遊賞美麗的後花園之後，受寒染病，年紀輕輕就離開人世。沒想到，她居然又活過來！這到底是怎麼一回事？明朝劇作家湯顯祖寫《牡丹亭》，透過杜麗娘死而復生的故事，展現人們追求自由的浪漫與勇氣！

008 封神演義　神仙名人榜
Investiture of the Gods: Defeating the Tyrant
故事／王洛夫　原典解說／王洛夫　繪圖／林家棟

哪吒騎著風火輪、拿著混天綾，一不小心就把蝦兵將打得東倒西歪！個性衝動又血氣方剛的哪吒，要如何讓父親李靖理解他本性善良？又如何跟著輔佐周文王的姜子牙，一起經歷驚險的戰鬥，推翻昏庸的紂王，拯救百姓呢？

009 三言　古今通俗小說
Three Words: The Vernacular Short-stories Collections
故事／王蕙瑄　原典解說／王蕙瑄　繪圖／周庭萱

許宣是個老實的年輕人，在下著傾盆大雨的某一日遇見白娘子，好心借傘給她，兩人因此結為夫妻。然而，白娘子卻讓許宣捲入竊案，害得他不明不白的吃上官司。在美麗華貴的外表下，白娘子藏著什麼秘密？她是人還是妖？

010 聊齋誌異　有情的鬼狐世界
Strange Stories from a Chinese Studio: Tales of Foxes and Ghosts
故事／岑澎維　原典解說／岑澎維　繪圖／鐘昭弋

有個水鬼名叫王六郎，總是讓每天來打魚的漁翁滿載而歸。善良的王六郎會不會永遠陪著漁翁捕魚？好心會有好報嗎？蒲松齡的《聊齋誌異》收錄各式各樣的鄉野奇談，讓讀者看見那些鬼狐精怪的喜怒哀樂，原來就像人類一樣。

與故事、人物傳記、歷史、探險與地理、生活與素養、科技。每一個主題系列，都按時間順序來選擇代表性的經典書種。

◎ 每一個主題系列，我們都邀請相關的專家學者擔任編輯顧問，提供從選題到內容的建議與指導。我們希望：孩子讀完一個系列，可以掌握這個主題的完整體系。讀完八個不同主題的系列，可以不但對中國文化有多面向的認識，更可以體會跨界閱讀的樂趣，享受知識跨界激盪的樂趣。

◎ 如果説，歷史累積下來的經典形成了壯麗的山河，【經典少年遊】就是希望我們每個人都趁著年少探索四面八方，拓展眼界，體會山河之美，建構自己的知識體系。少年需要遊經典。經典需要少年遊。

011 説岳全傳　盡忠報國的岳飛
The Complete Story of Yue Fei: The Patriotic General
故事／鄒敦怜　原典解説／鄒敦怜　繪圖／朱麗君

岳飛才出生沒多久，就遇上了大洪水，流落異鄉。他與母親相依為命，又拜周侗為師，學習武藝，成為一個文武雙全的人。岳飛善用兵法，與金兵開戰；他最終的志向是一路北伐，收復中原。這個心願是否能順利達成呢？

012 桃花扇　戰亂與離合
The Peach Blossom Fan: Love Story in Wartime
故事／趙予彤　原典解説／趙予彤　繪圖／吳泳

明朝末年國家紛亂，江南卻是一片歌舞昇平。李香君和侯方域在此相戀，桃花扇是他們的信物。他們憑一己之力關心國家，卻因此遭到報復。清朝劇作家孔尚任，把這段感人的故事寫成《桃花扇》，記載愛情，也記載明朝歷史。

013 儒林外史　官場浮沉的書生
The Unofficial History of the Scholars: Life of the Intellectuals
故事／呂淑敏　原典解説／呂淑敏　繪圖／李遠聰

匡超人原本是個善良孝順的文人，受到老秀才馬二與縣老爺的賞識，成了秀才。只是，他變得愈來愈驕傲，也一步步犯錯。清朝作家吳敬梓的《儒林外史》，把官場上的形形色色全寫進書中，成為一部非常傑出的諷刺小説。

014 紅樓夢　大觀園的青春年華
The Story of the Stone: The Flourish and Decline of the Aristocracy
故事／唐香燕　原典解説／唐香燕　繪圖／麥震東

劉姥姥進了大觀園，看到賈府裡的太太、小姐與公子，瀟湘館、秋爽齋與蘅蕪苑的美景，還玩了行酒令、吃了精巧酥脆的點心。跟著劉姥姥進大觀園，體驗園內的新奇有趣，看見燦爛的青春年華，走進《紅樓夢》的文學世界！

015 閱微草堂筆記　大家來説鬼故事
Random Notes at the Cottage of Close Scrutiny: Short Stories About Supernatural Beings
故事／邱彗敏　故事／邱彗敏　繪圖／楊瀚橋

世界上真的有鬼嗎？遇到鬼的時候該怎麼辦？看看紀曉嵐的《閱微草堂筆記》吧！他會告訴你好多跟鬼狐有關的故事。長舌的女鬼、嚇人的笨鬼、扮鬼的壞人、助人的狐鬼。看完這些故事，你或許會覺得，鬼狐比人可愛多了呢！

016 鏡花緣　海外遊歷
Flowers in the Mirror: Overseas Adventures
故事／趙予彤　原典解説／趙予彤　繪圖／林虹亨

失意的文人唐敖，跟著經商的妹夫林之洋和博學的多九公一起出海航行，經過各種奇特的國家。來到女兒國，林之洋竟然被當成王妃給抓走了！翻開李汝珍的《鏡花緣》，看看他們的驚奇歷險，猜一猜，他們最後如何歷劫歸來？

017 七俠五義　包青天為民伸冤
The Seven Heroes and Five Gallants: The Impartial Judge
故事／王洛夫　原典解説／王洛夫　繪圖／王韶薇

包公清廉公正，但宰相龐太師卻把他看作眼中釘，想方法陷害。包公能化險為夷嗎？豪俠展昭是如何發現龐太師的陰謀？説書人石玉崑和學者俞樾，把包公與江湖豪傑的故事寫成《七俠五義》，精彩的俠義故事，讓人佩服！

018 西遊記　西天取經
Journey to the West: The Adventure of Monkey
故事／洪國隆　原典解説／洪國隆　繪圖／BO2

慈悲善良的唐三藏，帶著聰明好動的悟空、好吃懶做的豬八戒、刻苦耐勞的沙悟淨，四人一同到西天取經。在路上，他們會遇到什麼驚險意外？踏上《西遊記》的取經之旅，和他們一起打敗妖怪，潛入芭蕉洞，恣意冒險！

019 老殘遊記　帝國的最後一瞥
The Travels of Lao Can: The Panorama of the Fading Empire
故事／夏婉雲　原典解説／夏婉雲　繪圖／蘇奔

老殘是個江湖醫生，搖著串鈴，在各縣市的大街上走動，幫人治病。他一邊走，一邊欣賞各地風景民情。清朝末年，劉鶚寫《老殘遊記》，透過主角老殘的所見所聞，遊歷這個逐漸破敗的帝國，呈現了一幅抒情的中國山水畫。

020 故事新編　換個方式説故事
Old Stories Retold: Retelling of Myths and Legends
故事／洪國隆　原典解説／洪國隆　繪圖／施怡如

嫦娥與后羿結婚後，有幸福美滿嗎？所有能吃的動物都被后羿獵殺精光，只剩下烏鴉和麻雀可以吃！嫦娥變得愈來愈瘦，勇猛的后羿能解決困境嗎？魯迅重新編寫中國的古代神話，翻新古老傳説的面貌，成為《故事新編》。

經典
少年遊

youth.classicsnow.net

019
老殘遊記 帝國的最後一瞥
The Travels of Lao Can
The Panorama of the Fading Empire

編輯顧問（姓名筆劃序）
王安憶　王汎森　江曉原　李歐梵　郝譽翔　陳平原
張隆溪　張臨生　葉嘉瑩　葛兆光　葛劍雄　鄭培凱

故事：夏婉雲
原典解說：夏婉雲
繪圖：蘇奔
人時事地：林保全

編輯：鄧芳喬　張瑜珊　張瓊文
美術設計：張士勇
美術編輯：顏一立
校對：陳佩伶

企畫：網路與書股份有限公司
出版者：大塊文化出版股份有限公司
台北市10550南京東路四段25號11樓
www.locuspublishing.com
讀者服務專線：0800-006689
TEL：+886-2-87123898
FAX：+886-2-87123897
郵撥帳號：18955675
戶名：大塊文化出版股份有限公司
法律顧問：全理法律事務所董安丹律師

總經銷：大和書報圖書股份有限公司
地址：新北市新莊區五工五路2號
TEL：+886-2-8990-2588
FAX：+886-2-2290-1658
製版：沈氏藝術印刷股份有限公司

初版一刷：2014年6月
定價：新台幣299元